雪的世界秀来过

刘国莉 著

长江出版传媒
长江文艺出版社

刘国莉，河北省南皮县人。主要从事期刊出版、文艺传播研究。1980年代开始文学创作，作品发表于《人民日报》《诗刊》《星星》《诗选刊》《绿风》《诗林》《诗歌月刊》《西藏文学》《天津文学》《鸭绿江》《山西文学》《当代人》《西部》《莽原》等报刊。作品入选多个版本，主编多个年度选本。现为《渤海风》杂志社长兼总编辑。

雪白色的咏叹调

——读《雪的世界我来过》

海 男

今天恰逢世界读书日，几天前就已经开始读诗人刘国莉的新诗集《雪的世界我来过》，这是一部让我感到新奇的作品。我没有看见过轰轰烈烈的大雪，在云南很多年，才会邂逅一场雪。下雪时，我们会放下所有事，到屋外去玩雪、堆雪人、拍照。雪花落在身上的感觉，冰冷而热烈。这几天，我沉迷在来自北方的诗人刘国莉的诗集中时，就好像是在雪中漫步。这是我头一次大面积地读诗人的诗，因此，我必然会感知到诗集中遍地的雪花，它带着来自北方的凛冽和雪的咏叹调，我一直在其中漫步。里面的每一首诗，更像木刻版画，那么多的色彩，以白色为主调，从第一首到最后一首，如此多娇的雪，取自诗人的心灵和生活的纬度及版图。

一个人以其生命在写诗，这是命运的安排。以其某种色调延续在语言中，这是母语的属性和诗人所选择的方向。很多诗人，每天都在写诗，却没有方向感。这本诗集，诗人以全身心与雪相遇并厮守。雪，是冰冷的、纯净的，也同样是诗歌中的魔幻现实主义。诗人以雪为渊源。这是诗人出生后就看见的雪。它从不间断。哪怕在春暖花开时，雪依然会在空气中旋转。雪，带着尘世的使命，融入其中的形态，则以诗人的意境变幻莫测。这是一本关于雪的咏叹调，也是诗人以形而上学体系建筑的雪之城堡。

诗中荡漾着来自日常生活中的一幕幕，诗人并非在天上的雪花中生活，而是辗转于人间。这部诗集以雪为舞台，以雪为温度，呈现出诗人的精神之旅。雪飘忽不定，像时代的幻变，诗人在雪中驻足赴约，在雪中顶着苍茫，去寻访宇宙的居所。读此诗集，仿佛观看一幕诗剧，里边有人影幻境，有时代的潮流，也有诗人在划破时空中感悟的精神长旅。雪花在上空如同轻盈的羽毛飞逝，落在发丝、面颊，也落在诗人的温情之上。

整本诗集以诗为境遇，在雪的漫长岁月中前行。这是一本以雪为主调的诗集，雪来自精神诗学出入的世界，来自诗人的故土和命运的遇见或告别；雪来自时空隧道的召唤和与现实的碰撞，来自雪的飘忽不定和与尘世的偶遇；雪来自昨日重现和未来的重叠，来自灵魂被放逐于诗学的熔炼。在这本诗集中我读到了一位来自北方诗人的诗之结构，诗，就是诗人命运的历史，也是诗人所历现出的时代以及个体的形而上学密码。此时此地，读这本诗卷，幻想着诗歌在人间的传诵，西南方的阳光炽热而又明净，与这本诗卷中的地理版图形成明显的差异。尽管如此，我在这雪白色的咏叹调中，仿佛又看见了一个来自北方诗人的天空和大地的秘密。愿这本诗卷，给人间带来幻境和真实，愿那些纷纷扬扬的雪花落在万物万灵的翅膀上，随同永不落幕的人间飞翔和驻守我们的家园。

2022 年 4 月 23 日

海男，作家，诗人，画家。毕业于鲁迅文学院、北京师范大学文艺理论研究生班。著有跨文本写作集、长篇小说集、散文集、诗歌集九十多部。有多部作品被翻译至海外。曾获刘丽安诗歌奖、中国新时期十大女诗人殊荣奖、中国女性文学奖、第六届鲁迅文学奖（诗歌奖）等。现居云南昆明。

唯美主义至上的心灵圣歌

——读刘国莉诗集《雪的世界我来过》

王传华

我凝神过多少事物？那轻触之下让人心旌动摇的一片雪花之声，那卑微的，又无处不在脆弱而顽强的生命。无言的表达，胜过千言万语。

——刘国莉

作为诗人，刘国莉先生，是一位唯美主义者。这自然取决于他，也是一位人生至上主义者。故而，从人生价值追求到诗歌艺术探索，他始终用一个淳朴敦惠的美字，净化心灵，陶冶情操，创作诗歌，款款行走在交响着爱的神圣光芒的人间路途上，一走就是几十度春秋岁月。

他的诗集《雪的世界我来过》，可以说是他的唯美主义人生处世的陈情表，也是他追求唯美主义诗歌艺术的宣言书。

"从日常生活中获取或挖掘诗情美，并用深思的方式写出对生活的感受与思悟，看似冷静的基调下饱含着诗的激情，使精神得以升华。"正是主观意志掌控了对这种生活感受与诗情美的思辨关系，他才得心应手地让诗歌艺术的精神性命运，得到了尽善尽美的表达和多侧面的呈现。

我只想用手的辽阔

迎迓雪的斑斓与慌张

阅读着这天际的汹涌之势

她投来的目光

追逐花瓣上失落的笑声，轻轻的叹息

嵌入我的诗句

我愿抖落身上的尘土

点破酸涩和甜蜜

给雪花洗身

……

我看见平滑的夜空

要有一朵灿烂的雪停留最好

我疯长的心事，默默地想到

轻柔、缓慢、美妙

我要把诗歌绑上可爱翅膀

向夜色纵深飞翔

——《谜一样的风雪已经到来》

　　国莉，他，读雪，雪的纯洁；他，唱雪，雪的寒彻；他，问雪，雪的命定；他，吻雪，雪的施舍……在他的心目里，系绾缠绕着一个圣洁舞蹈人生风景的雪花情结。是的、白雪成为他诗歌多维元素中一个吟诵不尽的圣洁丽雅的标志性意象，在不断的闪耀交响中，飞舞着天真无邪的烂漫，奏鸣了一道淳朴自然、美妙绝伦、陶冶情操、净化人性的心灵精神性大命题。由此诗歌文本，非常鲜明地见证了置身雪世界的诗人的那颗雪花般玉洁冰清的诗歌良心。

国莉君，是一位灵命干净的真诗人。

在他走过的雪的世界里，他拥有一腔包容美的情怀，他怀揣一颗善解人意的冰雪心。正因如此，他的诗句里，流淌着淳朴的美，绵延着柔软的美，滚动着疼痛的美，徜徉着圣洁的美……

在多姿多彩惊艳世界的"雪花姑娘"浪漫主义舞蹈的多维世界里，他的诗歌美学表现意向，是一种扎根于美学法则与创作规律基础之上的典型的自由翱翔的极富个性的空灵表现。沿着雪的足迹，走进国莉君的诗行，聆听他的诗声，你会萌生愉悦身心的快乐，同时，不由自主地举目仰望——哦！美在渗透——渗透那些落荒的心野；美在濯洗——濯洗那些麻木的神经；美在氤氲——氤氲那些痴呆的耳目；美在净化——净化那些尘垢污染的身躯和那些长满痈疽的灵魂；美，在拔高，拔高成人生向上的神圣责任；美，在升华，升华为一种有组织有秩序的自然与宽容的生活态度。

是的，雪之美的多层次多视角的斑斓雕像，以艺术化的完美存在，也便宣告了丑的逃遁和消亡。国莉君，不愧是一位审美的人。他的雪花世界情结，让他创造了一种自然物象雪的人格化的诗美的典型，这个诗美的典型，以召唤的姿态，高高地耸立在大地上，向人间不断地抛洒通过文字提炼的美、自然还有爱。

这是因为诗人从生活出发，特别注重审美功能与艺术价值的互为关系。在赋有审美能力的诗人笔下，一颗良善的心灵，才能在自觉意识的支配下，接受各种美的观念，终究会自然而然地接受同美的观念相互联系协调作用的道德观念。从而，创作出一种物象外表美与诗人灵魂美和谐地融为一体的完善的至高无上的美。必须承认，这种完美，也是最自然的美，因为，它不是坐落在表层意义上的虚化的浮躁美，而是出自诗人的诚实态度和道德修为上的朴真。

......

那泊在你蕊中的雪

簌簌落落

你忽然转身

她的渴望正如你的

渴望

魂的引擎

唯对你绽放芬芳

你，细细辨听雪声

听，暗中转换的声音

眼眶的湿润

挟裹在此际的雪声中

恬静，荡漾

——《她似雪含着恬静的微笑》

　　"每一首诗的完成，都是一个生命的诞生。它有自己的岁月、风雪、流水、羊群、埋葬与生生不息。每首诗歌的源头，都离不开赖以生存的自然。文学关注心灵，这是文学的天职。诗人热爱生活，生活才会热爱诗人。说出生活里的光和盐，就是说出生命里的爱和疼痛，而生命中有多少疼痛，诗歌就会让它有多少感恩。"这是诗人的心灵独白。这也是国莉君得以创作出《雪的世界我来过》的行动纲领，还是他从事诗歌创作的指南。

　　在诗人的创作随感里，有这样一段话："诗就像日常身边的一件什物，早就搁在那里落满灰尘，等待一只穿越岁月的手，把它轻轻捡起，或者唤醒。"可见，这双穿越岁月的手，撰写出来的诗行，应该是一道道神性的谕旨，为的是将世间的尘埃和人性的龌龊，打扫干净。

　　　　雪落下来时
　　　　在用心拼接什么
　　　　也许一颗放荡的心
　　　　需要用光阴弥补

　　　　你把尘世染成你的颜色
　　　　也许把一枚青涩

一抹嫣红的尾巴留下

也许苦恋中的分合

浸入了寂寞

想象之花在拼接

梦寐在拼接里苏醒

像一首索取爱的情歌

......

传说中隐秘而柔软的水系

在水的流向里

那些蝶羽，汇集而后沉寂

一朵在自己身体里停顿下来

在自己的气味中伸展腰肢

放浪形骸

一朵在时间中生根

足以傲视

饱满而多汁液的肉身

一如青春的火焰

已燃烧成时间的灰烬

在体内层层堆积

......

——《用一粒粒雪拼接光阴》

尽管人们对雪——自然生态里的飞雪，不论是瑞雪还是暴雪，有着各自不同的认知和评说，但终归雪的身价有两重意义：一是它的净化作用，二是它的润泽功能。可见，这自然雪也大抵是正面吉祥的征兆。

　　立于这个生活真实的基点上，诗人走过的雪世界，上升到艺术层面，也就必然是素裹银装，一派妖娆了。在这个诗意盎然的雪的世界里，我们不难发现那些美的朦胧，美的异常，美的痴情，它所折射出的是人生的智性，人文的彻悟，人伦的福相，还有无法估量的人道的智慧。美，在雪的世界里，"以极大的权威和奇异的印象吸引并事先影响我们的判断"（《蒙田随笔集》）。而国莉君的这册诗歌文本的构架形式，如同他的系列意象抒情诗歌文本体式一样，不是出自单纯的艺术技巧，而是生发自"最美的是人的形式"（《蒙田随笔集》）——人格力量的一种表现——在自然而然，见素抱朴中，凸显出美的奕奕神采。总之，国莉君在走（来）过的雪的世界里所创作的美，应该是一种使人得以理解、想象与感觉完全一致的真理意义上的呈现和光扬——一种把"最高的结构建筑在真理之上的美的光荣"（丹纳《艺术哲学》）。国莉君的雪世界泛华的美，使人的心胸开阔，灵性伟大。这雪，一旦融化，就是浸润心灵的甘露，它闪烁着力与欢乐的神圣光芒，谱写出永恒的意义。

　　　　雪在旋落。夜色舒展开来，
　　　　你悄然的脸上
　　　　似有瀑雪缠绵，打开了满心的喜悦。

……

夜来回滚动，
你把激情按进软里，
等待洁白的消解。
你花开的声音在心底缓缓流动，
为夜撑开入口，
你更执迷于隐秘的推挤。
你苦闷的情调，压抑太久，
仿佛一番语言的触摸。

你那雪般涌动的种种狂想，
像一滴水珠落在草叶上，
忍不住，要滑进去。
从安静到心跳加速，都无暇顾及。
在夜的每个细节中，激动地探查，揽腰，
以致温暖的气息，
柔软的香氲，在胸膛奔涌。
直到这翕动，像暗夜的新笋，兀自吟唱。

在白绒绒的温柔的夜幕中，
你是，雪之女，在罂粟花丛中失语。

——《一场花瓣雪》

是的，刘国莉先生在《雪的世界我来过》这部诗集中所独创的系列化的雪之 "美的力量是可以致人死命的。美那样脆弱，那样稍纵即逝，可它却令人迷乱癫狂，赴汤蹈火，轻抛生命。在美面前，谁不想纵身一跳，与它合为一体，淹死在其中！天知道人的这种不可理喻的天性是从何而来的！"（周国平《人与永恒》）

不是吗，最终，我们发现，诗人揣着他的诗歌音律，在他走过的白雪世界里，时而轻柔，时而激越，时而卿卿我我，时而殷殷素素地拨弹，童话般地——同玉洁冰清的雪花发生心灵感应，融化为一体一命一心一魂魄了！同时，也把读者吸引到了自己的身边……

是雪的翅膀引领着天空的事物
在滑落时渐渐拉伸
叶片一样酥脆

我是个晚归的路人
看到天空干净得像神话的样子，一股脑
把我装有旧故事的行囊
翻新

是隆冬的那朵雪花，扑闪
穿越路灯和鸣笛的光线
折断了最细弱的忧伤

我隐约听到骨头挪动的声音

她微笑里带着喜悦
在我的左脸颊轻轻按了一下
安抚了我日子里的褶皱
成为一种隐含的美

——后来，只要有雪开花
我就心生荡漾

——《雪透过夜开了出来》

在《雪的世界我来过》这部诗集里，我们还触摸到飘散在时空里的浓郁芬芳的禅慧道法气息，亦即天人合一、物我一心，还隐含着"阴阳冲气以为和"——阴阳二气交冲而成为和谐状态的恩施熏染和沐浴。

五

我交叉着双手平静地等待
风浪　潮汐　雾霾
时间　深度　高度
都不能阻挡真实的我，到来
用六瓣接吻的唇
做一种静的吸吮

用一种如豆的温暖

用一份散散的恬淡

用一份慵懒的宁静

用一份高贵的想法

让我非常真诚地敞开自信的门，介绍自己

就像氧气一样呼吸得那么充裕

在唤醒内在的力量

六

雪飘来，压垮一树的枝丫

那些可怜的想法猝然碎了一地

泥土无情地掩埋了它缥缈的尸体

我唤着，你水柔柔的芳名

听雪咬着雪的问候

此刻写诗的我，以想象的伟大

把自己一枚枚烙在雪片上

——《花就开在其中了》

这是一种诗意精神至美丽雅的博大景观。我想，现代
主义意象抒情诗歌做到这步情况，美的价值和它所包含着
的自然法则及其伦理意义，才能得以完美无缺地表现出来。

是的。在雪世界里走过，人们会经历一场心灵体操的
训练，忘记自己的偏激和局限。

这也是刘国莉先生，在他的《雪的世界我来过》的诗集中，所表达的一种骨性崇高的意愿，值得钦仰礼赞！

2022 年 4 月 27 日定稿

中国济南

王传华，诗人，评论家。曾任山东省政协文史编辑部主任；《联合周报》编委、文史部主任兼副刊责任编辑；《春秋》杂志社副社长兼副总编辑、副编审；中国诗歌学会会员，中国散文诗学会山东分会会员，山东省作家协会会员，山东杂文学会原理事。现任《诗意人生》编辑部诗词首席顾问。著有《桑恒昌　一个诗做的人》《诗意的托举——写给诗人雨兰》《枫声絮语——温哥华纪行》等。

目　录

第二辑　滴水的问候

第四辑　洁白的软语

第一辑

那枚麦穗一样的雪花

花就开在其中了

一

在意料之中
这些雪有着高贵的品质
合情合理地生长
尽心尽力地打开自身的活力
让一些想象的想法来到身边
智慧地闪光
愿为炉膛打开
愿为路人敞开
叫醒你体内的那个人
带来所需的元素

二

并不比你最浅显的思想更高深
也并不比你欲望的顶峰更低矮
充满了色彩、欢乐
美和光明
这里有如此多壮丽的事物，高尚、正直

要感谢你，是你让欢乐四溢

如此温文尔雅的思想

围绕

在最为黑暗的地方

也能找到纯洁的爱

给大地种上

种上了就有了雪的概念

它的信念，一定会显著

三

我总是在富足和关爱的心底

感谢冬天凝滞的赤骨粉嫩

在画了春夏秋的梦里

一点一点地积累，不休不止地流淌潺潺柔情

用满心欢喜的远眺

用温柔的触摸

用儒雅的语言

用纤细的双手

让爱那么深沉

友好地相互缠绵

四

用你的力量让我行走

在埋藏雾霾之时

选择勇气、善良、爱心

把令我讨厌的事情当作喜事

学会专注地爱

我极力扩宽思想

因为一个小的思想就能减轻负载

一句好话，就像夏雨

可以湿润心房

风与鸟的经过即发出悦耳的声音

犹如我抚摸你时

柔软的呻吟

五

我交叉着双手平静地等待

风浪　潮汐　雾霾

时间　深度　高度

都不能阻挡真实的我，到来

用六瓣接吻的唇

做一种静的吸吮

用一种如豆的温暖

用一份散散的恬淡

用一份慵懒的宁静

用一份高贵的想法

让我非常真诚地敞开自信的门，介绍自己

就像氧气一样呼吸得那么充裕
在唤醒内在的力量

六

雪飘来，压垮一树的枝丫
那些可怜的想法猝然碎了一地
泥土无情地掩埋了它缥缈的尸体
我唤着，你水柔柔的芳名
听雪咬着雪的问候
此刻写诗的我，以想象的伟大
把自己一枚枚烙在雪片上

2020. 1. 13

那枚麦穗一样的雪花

那枚麦穗一样的雪花，是不动声色的
犹如蝴蝶落在梦的肩上
渴求抚摸

被风雨碰撞出光的芒刺
在阳光呼吸过的幕布上，愈加鼓胀
已走出疼痛的出口
毅然选择了沉默

长在身体里的种子，如蜜蚀骨
像有与神同驻的光
在完成前世今生的接引

2022. 12. 7

坐在你的身体里开花

平原的一切都在白里活着
成群结队的雪在靠近
夜的气息很适合你的恬静
你凭借夜色静下来
他的身体也平静下来了
在靠近你娇嫩的皮肤
你的体香
在你的眸子里弥漫
插进一束染过夜色的花
抚摸着你的痒处
喜欢的事情正在发生

洁白的欢乐漫无边际
他们的心都是一致的
一样的填充
有些东西像雪
像人心一样小
在这贪色的夜里
扁扁地拼接
他的心，坐你的身体里开花
低落的白雪

挤不出一滴乳汁

他在尘世里坐下来
等待下了一夜的雪
白得看不见村庄的入口
你白皙的脚盖在他的脚印上
那么温暖地复制下来
再亲切地粘贴

一朵雪坚持不谢
你比他的眼睛清澈
他的身体里添加了你的味道
雪开在这个档期，正是时候
抱定自己的嘴唇保持着微笑
让那些住在雪里的人
收藏自己

一小片雪花
就这样，抬高了整个平原
爱着每一刻
爱着尘土或虚空
你一定无法想象
这样的忍耐和幸福
让他怎样战栗

雪来临时，我心照不宣

雪睁着惺忪的眼睛
彻夜难眠
悄默声里洗濯天空
雪又深了，梦也是

雪依次飘起来
在心形的光里摇曳
我希望让他们住下来
贴近那甜甜的笑靥
这是值得让我高兴的事

雪让最初的气息唤来风
让雪的心事
感恩预见事物的美好
我心已静，酒已饮过
在沉默无语中
看到恰到好处的光泽
雪，一深一浅
光也是

2020. 8. 7

寂　静

他移步向前
风被他挡着
想推搡出去，却越抱越紧

他突然转动一下身躯，迎面的雪
扑在脸上
蜇了一下

那是风送过来，在摆脱自己的影子
影子被雪覆盖，他一个人住在里面
很寂寞

他没有任何的秘密和心值得隐瞒
他失眠着
背负着夜色
活在你幸福的颤抖里
获得自由的抚慰

2021.4.3

假如雪是可以享受的

假如雪花是可以享受的
请允许我慢慢吮吸
那些馥郁的馨香

风轻轻地吹过来
一如一朵莲的静谧
一如一只蜻蜓安于飞翔
季节深处
那变红的枫树
无疑加深了你的疼痛
洁白遍野的大地
令你的美好年华，几欲燃烧

那朵失色的落叶
掠过眼前的风景
掠过季节远去的风情
谁比谁的风情更加魂牵？

那枚即将开花的雪
站在黑暗中张望着
把漆黑的小屋

用掌心里的光点亮

用一颗柔软的心

把花格子纱巾

轻飘地铺上

急匆匆地选择与流水和影子说话

在打湿的梦里自言自语

2020. 8. 2

那朵雪

酒过三巡时
有人提到我，和雪
那时，午夜
我在酒过三巡后
酩酊在雪夜
看着雪，大醉

我没有想法，对事物雪一样的空白
雪流淌着美好
美好着和我亲近
美好着让我享受干净的爱
美好着让我握着美好
还有我的迟钝和结巴

我看到那朵，欣喜
欣喜得让我跺着的感慨也有万分
我迷醉在她的怀中
说不出话来

2020. 11. 8

深沉的雪夜

风擦亮，事物的光芒
一飞冲天
鸟儿十分地安详
躲在盛开的天空下
觅食

在天空最深处
夜，深如时光里的哽咽
任雪声和风声一起嘶哑

一朵雪，在心中升腾火焰
本是我旧时的魔障
在光芒的奇妙中，被匆忙的雪遁于无形

我在唏嘘中
微笑开来，与裹着火焰的雪花缠绵
把夜色里的幽暗深沉地照耀

2020.9.19

大雪来临之际一切都像幻觉

大雪来临之际，我深吸一口气
向上雀跃，正进入不可知的虚空
失重的感觉让我进入更深的梦境
散发出一阵阵，那种让我惘然的小小甜味

爱与语言，在飞腾中慢慢活过来
这样真的好，可以低语和微笑
被隐藏的故事
恰恰最真实

意会来势凶猛，她的体内藏着莲花
分享同一种陌生的兴趣
正在我的体内蓬勃
此时，像过完长长的一生一样慢
一如蚕房，忙碌地吐丝

让我的心像鸟那样
惊惶地拍打翅膀
我的手伸进去就能握到她的手
就能触到她扑通的脉动
生出一缕善存的思绪

就像无意之间递过来的体香

彼此相忘

一如潮湿的风尘，吹走了另一个昏睡的自己

在那片幽暗的森林里

我已经自燃

照着雪一样的每寸肌肤，肌肤上的小鹿、野豹

交换隐秘的笑容

2020. 9. 10

只要是雪天

雪簌簌地从树的枝头落下来
我喜欢她漏雨般的笑容
有些空旷的样子

风带着风
雪带着雪
带着心跳的神秘和
粒粒的遐想

柔柔绵绵的雪
轻轻冷冷的风
搅动所有敏感欲滴的娇羞
差点发出声音
但无偿获得了很深的暖意

也许缝隙的光明里
一片汹涌的微光
打扰了夜的寂静
她要摸着夜色
顺着融化的脚印

找到想要找的人

2020. 8. 17

过　程

那雪纷纷扬扬
迷茫出不是夜的夜
那雪伸出细密的触须
探向漫溢的夜

他看到所处之地
悄然间开阔了许多，明亮了许多
静静的激越让他亢奋
用雪的白对应那嫩嫩的粉红
无须太多，一点粉饰就足够了
目光相映，交错
真想，借助湖水，一圈一圈
让新鲜漾出笑靥

他们讨厌了琐碎的生活，仅讨论夜色的角度
最大限度接近浩渺
接近虚无
他们的眼神在极度碰撞中
生动起来

2020. 8. 16

雪的俳句

扑面而来的雪，浩荡无边
一场雪过后，青春灵动，明月初升
像一场单纯的约会

哦，赋予了新意
任众鸟缠绕
湿润和清新

你的辽阔很美
足以安放感激
那发亮的寂静
以寂静、以寒冷、以更深的片语
仅保存的月光
仅心上的那朵雪
孤独丰富了心灵

我口吟清风，那夜色便被那一波一波的雪
滋润之如此丰饶
不多不少的喜悦递增
慢慢地，感觉你的呼吸
很透明

2020. 8. 18

寻找雪中那朵异质的美

星光与月亮在雪中渐次消隐
驮着无梦的心境
唯向你打开心灵隐秘的天窗
迎迓在有梦的地方
当夜晚的时光转到身上
倾听自己
夜的体温
像呼吸吹在凉爽的皮肤上

推窗谛听，化雨的低吟
像朵朵暗香留下吻痕
遮不住潜伏的欲望
躲在雪的皱纹里
流线一样的身体环抱着梦里
异质的美

可以是最艳的花香
再用你温润的嘴角
向着微笑的蕊中滑去
在抚摸碧玉般的暖和生命中
圣洁的微语

夜的深处在飞舞

在摇曳

被你的舞姿缠绕

在笼罩的光晕中静如天上的那朵雪

在心头突然间

羽化成旋律，消渴于

圆满且幸福的缺口

2021. 5. 3

指上的雪

把十指交付给你
捧出体内的山水，胸中的鸟鸣
任你辽阔地去爱
只留你唇齿间的音韵
温良与共

当晚风，爬上碧树
月光静静地穿过眉间露
我赤脚穿过你细密的蔓草
以初雪上的足痕作证
此生，只为一个人玉洁冰清

亲爱的，我有点冷
有万条河流从眼睛出发
企及抵达你的梦境
不再说任何誓言，只静静地
陪你等，来年春风

唯有雪花能带来安抚的气息

请不要满怀幸福的伤感
这是你花开的季节
你的天空洁白入骨
留给世界洁白的想象力
有了明快的颤音
让雪的白，尖锐了几分

这样的时节
你尝试跳起水花之舞
试图拾掇忧郁和悲伤
雪在你内心的黑暗里发出光
可以拭去你眼里些微的黑
但在你的安抚里
有着醒目的渺小

那些许的雪仿若眼泪
在无声的安抚里滴落
有了空前的焦渴
从哪方飘来
都无从打动那些慢慢滑向夜晚的时光
惜别和流连——

你相信了思念中的汪洋

在心尖飘扬

探出湿漉漉的心尖

罔顾夜

你的祝福

要获得永久的宁静

轻轻一捏

在一声柔和的梵音里

进入气息

逼出一丝咽喉深处的沧桑

令人窒息和心醉

在你的气息中

覆水难收，入诗入睡

流淌出预言之水

想要告诉你，在你郁闷时

有一朵雪花，一直在等你

雪被风吹动，所有喜欢的事物正在发生

端起酒杯时，想到自己忽如远行客，
在每分钟寒冷的旅途里，
不想失去自己。

雪被风正吹动所有喜欢的事物，那爱布满了整个天空。
每一丝风里，都藏着一朵秘密，
神一样地发生。

也许，欲望的雪，只生长一种词语，
风轻轻一吹，所有内容都光了。
也许，我根本无法打开冰封的镣铐，
让她自在地飞。
但我不想虚晃一枪就离开，
我需要在时间里叩问和思考。

一朵雪飘下来，
空荡荡地开着。
我看到雪中吹过一阵阵急促的风，这命运的风
让我用一次次深陷拯救自己。
因为她的光芒，也是属于我的。
我心寂静的斑斓

往更暖的深处走，退到
一粒光的心脏。

此刻，雪下得特别慢，
慢到一丝雪是一丝雪。
那雪有着一种别致，一种朴素的美，
让我身体里密布着情话。
我挪动身子，可以如此爱着，
就像不曾被伤害过。
试图磨炼温柔里的疾苦，
像上帝在训诫人间的草木，
让纤尘徐徐地落下
焕发出生机。

我看到树木将更大的羽毛抖落。
一座熟悉而陌生的城市的上空，
因她而阔大。
是的，你轻轻一笑，
雪花就开了。
我在一群雪花的簇拥下，
为光阴的晶亮而怦然心动，
变成和你一样完美的自己。

你是我眼中的万千隐喻，
我将以爱的名义认知你

进入这柔软之美，去爱——

一朵焰火，正轻轻拥抱我，

我凝望着你，却无法触及，冷不丁

我心中的王国早已沦陷……

2021. 1. 1

穷一世的时间，交付高蹈的雪

昨夜的梦里，
"一只豹子跟着酣睡，梦中说了一句让我被动的话，我打了
　冷丁。"
我选择了这个雪夜，一个无色和夜色一样白的时候赶路。

有一个叫雪的女子，走路没有声音。
晶亮的眸子转瞬即逝，
而她走进了我的目光。
我热情地描绘她的影子，
攥着所有眉笔，耗尽眼波，
而她裙裾闪躲，那我只好用一场意外，让她抵达。

雪在落寞的光影之间翻飞，这很可人。
密集、濡湿，
带着狂热的甜美。
当命运的雪花，旋转着
一片片尖刻落在我的脸上，
愉悦的停顿。
我唯一不屑的念头滑进了她的阴影，
而且，我感到片刻的凝神静听。

"你需要烈马、音乐和爱。"

你太高蹈，也太端庄，

我是个中毒极深的人，

我对你的爱，像肋骨一样的语言，常常让我泪流满面。

你很暴力也很柔弱，

让我难以自持。

你一如枝条，柔弱得一节节折弯。

在尘世间，掖好充盈的痛苦。

用美、温润和诱惑。

夜安歇下来了。树枝上，鸟儿停止了歌唱。

雪花开得正盛。均匀而有节奏。

每一片花瓣都是那么纯粹，

在时间的表皮上，这雪很平常，平常得如阳光，

平常得跟柴的温暖一样，

平常得跟草色一样。

2021. 3. 6

长成千万朵雪去爱你

去爱你
长成千万朵雪的模样
以妩媚的姿态
春天吐纳叶片
夏天手打莲蓬
冬天摇曳着枝丫

这一切还觉得不够风雅
需要动用万吨的情愫
溅起的雪浪花
吻掉天空的雾霾
给大大的太阳一个甜甜的微笑

用千万种热爱
去拥抱你
用千万个小开心
足够多地
融化你心里的坚果
极力地
让千万朵雪
染在你的发丝上

一枚细微刻缺的雪花

我对一枚雪花的观察
像空中飘舞的落叶
有隐形的手牵引
静美而无欲

我的目光在无痕中
冥想那枚雪花的一次心跳、一次呼吸
一枚与一枚的萦绕
可以从一枚中取出所需的温暖
取出流远的小溪
在花开中流淌
取出深藏不露的忧伤
被你的光晕所笼罩
刹那，就洞穿了我
让那耀眼的光
吞下天空的寂静

那枚雪花惺忪的眼睛，眨呀眨
在花的世界，翻转，犹疑
躲过多少次被游离的命运
咽下多少不以为意的嘲笑

她那薄薄的花瓣

用细微的刻缺

以最绒的软

提醒我——

把飘得稍高一点、稍远一点的

拽回

即使发不出澄澈的光

也要努力去微笑

哪怕一丝也好

不让同类窥见内心的忧伤

那枚细微刻缺的雪花

再一次提醒我——

一点点地爱啊

慢慢地爱啊

2021. 7. 13

万籁有雪花耀眼的清白

雪像一匹绸缎滑入夜幕
我感觉有一股暖流袭来
秘密侵占我，卷着我的舌头
一如在一条幽深的河流中诵读

我听到身体里一声声轻响
把水草高举着飞翔
让暗重叠着暗，光重叠着光
融化了多少苦涩的甜蜜
温暖地落在我疾行的胸膛
那个清澈见底的过程
生命的律动
有着小鱼儿翅膀的惊悸

有着浪花的喧响
水草的呓语
你我有了活力的节拍
仿佛停泊在腹部的船只
有一滴水立起它坚硬的骨头
让一朵蕊栖居，呢哝
甜蜜被淋漓地渗透

时间变得绵软

倾尽所有的绽放

晶莹、透亮、美妙……

2021.4.12 植树节

一杯雪的情感

这座山让我产生起伏的感想
我写山，就像登上这座山
我想说出，看到它天大的秘密
轻松一下疲惫
近乎做了一件慈悲和虔诚的事

我手搭凉棚看到回到原点的人
对山说出辛苦抑或兴趣
一片发白的云提醒我
入秋的天气
就会凉下来一点
看云时，便想象发白的河流
以至它生命的根，根的源头

我用目光探视风中的树
仰卧下来
说出有暗号的一波波的软语
我是一个能把时空串起来的人
饮着经年的一杯雪
便有了莫名的情感

2020. 9. 1

用一粒粒雪拼接光阴

雪落下来时
在用心拼接什么
也许一颗放荡的心
需要用光阴弥补

你把尘世染成你的颜色
也许把一枚青涩
一抹嫣红的尾巴留下
也许苦恋中的分合
浸入了寂寞
想象之花在拼接
梦寐在拼接里苏醒
像一首索取爱的情歌

风给了雪圣洁的悲欢
雪一旦从雪中抽离和远方混为一体
她就更像思念已久的事物

传说中隐秘而柔软的水系
在水的流向里
那些蝶羽，汇集而后沉寂

一朵在自己身体里停顿下来
在自己的气味中伸展腰肢
放浪形骸
一朵在时间中生根
足以傲视
饱满而多汁液的肉身
一如青春的火焰
已燃烧成时间的灰烬
在体内层层堆积

曾经的往事，多么像
一枚搁浅在沙滩上的贝壳
在生活的海水中反复淘洗、漂白
使记忆渐渐褪色

此刻，一只带电的雀鸟
不停地啄食你内心的种子
拼接的尾音里
打结的目光
让心又一次搁浅
弥漫的隐痛
煎熬出美好的内涵
窥见往事的骨朵
碎响裂变

2020. 8. 4

她似雪含着恬静的微笑

柔纱般的雪沙沙滚落
撩动你的万顷碧水
隐匿在虬曲的暗香一瓣
却未动声色

你依然沉吟在回忆里
记下这属于日夜相交的动人一幕
侧耳谛听意境中
心叶下，缝愈岁月留下的创伤
完成永恒人生的一瞬

那泊在你蕊中的雪
簌簌落落
你忽然转身
她的渴望正如你的
渴望
魂的引擎
唯对你绽放芬芳

你，细细辨听雪声
听，暗中转换的声音

眼眶的湿润

挟裹在此际的雪声中

恬静，荡漾

2022. 12. 10

一场花瓣雪

雪在旋落。夜色舒展开来，
你悄然的脸上
似有瀑雪缠绵，打开了满心的喜悦。

犹如怀抱一个温暖的小湖泊，
血液在你体内回流，
活在彼此的欢愉里，喘息着浮动。
你是一只饱满的桃子，
有着无可比拟的简单、洁白，不再辜负更多的赞美，
在雪的光晕中，
虔诚，渴求被爱。

在今夜的隐喻中，
需要一束原始的火焰，
仅仅一瞬足以填充梦幻。
夜的呼吸粗犷，
摇撼中，如一尾抵岸的鱼，浅浅地游动，
却不能禁锢。

夜来回滚动，
你把激情按进软里，

等待洁白的消解。

你花开的声音在心底缓缓流动，

为夜撑开入口，

你更执迷于隐秘的推挤。

你苦闷的情调，压抑太久，

仿佛一番语言的触摸。

你那雪般涌动的种种狂想，

像一滴水珠落在草叶上，

忍不住，要滑进去。

从安静到心跳加速，都无暇顾及。

在夜的每个细节中，激动地探查，揽腰，

以致温暖的气息，

柔软的香氲，在胸腔奔涌。

直到这翕动，像暗夜的新笋，兀自吟唱。

在白绒绒的温柔的夜幕中，

你是，雪之女，在罂粟花丛中失语。

2022. 11. 25

鸟鸣在雪中住进各自的枝头

是夜，困顿的雪，
完全没了指向，
生长在自己的明亮里，蓄积着光芒。

鲜嫩欲滴的鸟鸣，
像雪的甜点，在光的体内长出来，
用喜爱的一种力量
隔空喊出自己的心情，稀释了尘世的喧嚣。

雪追逐着雪，鸟鸣追逐着鸟鸣。
鸟鸣在雪中住进各自的枝头。
窗内的灯光刚好照过来，打开它的心思。

2022.9.6

与雪相拥

落了雪
粒粒装满寒凉
时间像一个隐藏起来的伤口
它唤着我的忧伤

我是一张洁白的纸
已动用万吨抒情的词语
便能触摸无限的风景
便能听到内心微羽的爆裂之音
在记忆的雪里打开
如米小的苔花开始绽放

想起进进出出的背影
山一程，水一程……

想起土得掉渣的名字
激荡着我内心的澎湃

想起乡下的一亩三分地
被一个禾锄的影子
打理得风姿绰约

用花朵的形式到达家门

想起一双茧手向大地探索
曼妙的诗句与繁茂
以及力量之美
让热血浸透的高楼拔地而起
在心头
掂量出时代印记

时常在梦里
整个青春变成了一缕白发
在一个令人心疼的地方喊一句
浓浓的乡音
不管记忆中有多少悲欢，命运的沟壑
都将被温暖的雪平等地
覆没

2020. 6. 8

以雪为背景的诵读

雪，是十分认真的
没有谁可以，掌控一场
雪的行走
我只想在雪里
多站一会
看很白很轻的雪

雪沉下心来，慢慢生长
终究站成一片葱茏
多少亮色的，企图消失在无言中

怎么描述这眼看的来，耳听的去，想出的那些新旧
鸟鸣每一声都会落入雪中
细数，掂指，多少芳华与尘埃

多想站成什么是什么
我把自己想象成
一个获得一方麦子的成熟
一片被玉米林包围的幸福的人

站在雪中

需要你放慢脚步

放慢昨日的虚构或庄重

顺从，屈服于奔跑时的开放和舍弃

接受失约

把自己的日出和夕阳交给土地上的雪

与你说空气清新

轻轻地把雪开的花送回草丛吧

让大片的小草在覆盖中萌芽

也让一小撮光阴，相谈甚欢

2021. 4. 19

第二辑

滴水的问候

滴水的问候

雪色的浓度
一再加深
覆盖我
已不会说话

此刻，我把你想成
一弯瘦月
还没有满圆的笑容
却铆足了暖和的光辉
照耀你能去的地方

在这个时候
我就是一片遥远的青山
对着冬雪
依旧翠林蓊郁
看见了吗？一只蝴蝶
正朝着心蕊蹁跹

雪色已滴成水
我在我的投影里
留下无数明亮的呼唤

我是一只不会说话的小鸟

问候了所有的冬季

还有蹲在雪光映着树下的自己

2022. 2. 4

假　寐

夕阳停在雪群的时候
我刚好挂在树梢上的
红灯笼，内心辽阔
让一朵追星的雪，惊心一跳，私语相拥，分秒相爱

这些，不请自来的雪
如我熟读过的诗句，如影随形
让我在天地之间，久醉不醒
在很轻的意象中，我被雪追赶得神魂颠倒
我已陷入假寐，白得像一团梦
开出一朵朵清丽的词
成为一粒粒淡淡的忧伤
摩挲尘世中的自己

迷离中的雪，为我永远想飞
而我的快乐，被一只无形之手
留在春天的故乡

2022. 2. 6

独自说出此刻的感受

幺蛾子的风，使劲吹了大半天，也没见一棵树返绿。
但，不影响我再起头写一首叫雪的诗。

今夜下沉了许多，等雪的心事矮下来，
让那些枯死的草木有藏身之处，有崭新的语言和呼吸。
高枝上的雪，带着一些寂寂的哀伤，细碎地抖落
几朵梅花，有几只翅膀破碎的声音，然后，
收束了时间的冲动。

我只是个眷念雪的人，有一份刺目的爱，在诵读雪的简史。
这时候，屋中弥漫着一层层薄薄的雪味儿，正处在岁月的
　　赏赐中，让我动怀。
稿纸上，所有的枝丫铺满厚雪，
有一抹红艳在行走，
行走在冬天和春天的虫洞。
想到故乡，去年那个在雪中追赶炊烟的人，回不来了，令
　　我伤怀。
想到有一条熟悉的河，雪光挤在长堤，拂动久远的往事，
　　却瞬间老去。
也许，这才是命里的雪。

我听到雪的声音，那么细。

在时间的缝隙间，洞悉我心野的荒凉和喊出的疼。

我不想，不想错过生命中辽阔的洁白，

就像喜欢时间的伤。

于是，把我一个人留在雪中。

2022. 2. 26

隔　开

爱你，就像说"我活着"①
你钟爱雪，始终如一

那个午夜，风抄近路缓慢吹过来，雪开得不疾不徐
雪隔开了黑夜，隔开月光，隔开鸟鸣，隔开
你的爱和你，雪在弯腰收割你
如同一个吻，封缄了你的嘴②

玫瑰自有唇彩，雪花自带气场，在你的眼睛和她之间，使你
不能自已，这都不打紧
鸟鸣被裹在雪的松与紧之间，焕发出
迷人光晕，代入翅膀和梦想，如被安抚

在隔开时空的房子里，伴着雪的悄声碎语
你不想，摊开那裸露的伤痛和月亮的隐秘
你面对玫瑰的一朵冬色，在温情的软声软语里，唤她的名字
你多么想亲吻她玫瑰般的双唇
在她的唇旁，午夜的雪降落在你展开的手上，肌肤雪白

─────────────

① 引自纳齐姆·希克梅特《爱你》。
② 引自聂鲁达《我喜欢你是寂静的》。

等待一片雪落

一些树走远了，一些
还在等，雪
一位红装的女人，手持玫瑰
雪镂刻在她身上，个性鲜明
她依偎着中年的男人
雪落在他，囤积的白发上

她们独爱，没有一粒尘埃的雪
把一粒米大小乡愁的雪，置在手心
她们所在的城市，多年没见到雪了
她们捧着雪，掂量又掂量
她们对雪的记忆比雪还干净

2022. 2. 15

在故乡，耳郭里涌动起伏的雪声

是夜。雪声蓬勃。
窗外雪声四合，有雪花骨感的气息传来。

这是一场非常之雪——
雪影将他身体里的寒气
卸在自己的影子里。
鸟声缝补影子里难以愈合的景色。仿佛
所有的乡愁从晦暗日子里一扫而空。

有一株熟稔的草，头颅仰起，而分外透明，
一任雪在腰身摇曳。
雪声隐隐。如此这般舒坦。
有一朵紧致的雪花，往草尖上攀爬，
让他从雪的眼神中，读懂了
岁月的风霜。她
从雪呼吸的方寸里，
读懂了爱的初心，一同回到疼痛的故土。

她与他，用方言讲述鸟与雪、草与雪的自由，
一同回到熟稔的草尖，不断泛滥的故事。

2022. 2. 10

风中的问候

在风的羽翼下

我是一个惊呆的孩子

已经不会说话

什么时候

冬天的风这样暖和

像父母的关怀

使我在雪地里

没有无尽的烦恼

就在这个时候

雪不停地告诉我

雪不停地绕过我家的桃树

就在这个时候

我用地道的乡音问候小鸟

问候了所有冬季

还有蹲在树下，被红灯笼点缀的自己

2020. 9. 11

有雪粒融化的清晨

我，不会丧失。
紧一紧衣袖，迎接第一朵雪花。

你到来时，夜色亮闪闪的，我不在意一闪而过的
晶莹，把空旷的身体敞开。在四面八方彻底的虚空中，你
　陪我
度过脆弱的日子，做了我手中的
花蕊。我要好好爱上。

让浮沉的雪在黑暗中飘，推开
身体里一扇窗子，抱紧雪的缝隙，
任波涛卷过来，光吞吐自己。
任由婉转的心蕊，在尘土里细软深藏。

在一粒雪到来之前，
还有那些雪纷纷飘落，暗自掀起白色的风暴，
在尘埃里的事物明亮起来。
再换一身雪吧。这些神秘的事物，
近的，远的，一一吞噬。
收回到脚步声里，身体
让这些被雪花养过，被自己心头上的命运之火烧过，

没有比这命运更低的人了。

是的，在雪粒将要融化的清晨，

我要轻轻地，轻轻地，

为父亲拍去身上的雪粒。

2012. 1. 26

雪中的麻雀

雪来的时候，
谁在雀跃？
微风和院落正好。

眼前的雪粒，如壮实的
谷粒，没有秕谷。
一只麻雀，在时光的树上鸣叫。
它发自内心，
要感谢这宽广的谷场，探头探脑，
乖顺地低下头，
寻觅崭新的、跳动的光亮。

那里，是黄昏时我撒过谷粒的地方，
我知道，谷粒在麻雀的嘴里，独自泛着崭新的黄。

2022. 12. 10

我家院子里，有棵落满鸟鸣的树

我家院子里有棵树，守着枯冷的冬天。

那天，我的梦里——
有两朵担当使命的雪，在好远的天空寻觅鸟鸣。
我迫切扶住一朵攥住鸟鸣的雪，
让另一朵从鸟鸣的缝隙里挤出来。

院子里——
半树的雪，呼喊着，
等待两朵衔着鸟鸣的雪。
等待鸟鸣，在最显眼的枝头，落脚。

娘叮嘱我，有雪的日子，
落满鸟鸣真好啊，天就不会黑了。

2021. 10. 4

抵　达

那场雪是在我梦醒时，开始移步的
渐渐由瘦弱长出我想要的表情

我喜欢拥抱这样的时刻
没有喧嚣，亦不需太寂静
那朵穿旧的影子
在逼仄后的生活里，滑到了寒冷的深处

这雪的夜，像空着的田野
被重新打扮，反复地
被重新装满

这雪夜的风，以微弱的步伐
抵达内心的指向
我喜欢迎接它的抵达和平凡的事，使用的
空的田野
恣意地充盈起来

一朵雪花落在我的心间
它顷刻间融化为一滴春水
我默念了很久的愿望

把一杯闲置的错句
用雪的柔软，擦得洁净

2021. 3. 7

我的爱像雪花一样扑面而来

那白，白得干净
是那般贫瘠，又是那样的富饶
面对时，我身体里的锋芒
像毒日头里围绕的草
一撮撮蔫巴下来
一旦遇到迎合的水，就会伸长欲望的色彩

一些雪还在开花
一些雪哭泣着枯萎，如同被遮蔽的过往，光与影对白
你终于愿意承认，翻不出指间的牵挂
亲爱的，这华美的精致，无限地黏合你
让我席卷的心，没有什么不能消解
那暗涌的记忆碎片，缓慢又被瞬间挪移，划出纤细的光

我骨头里蓬勃而出的热忱
一厘一厘地，敲打我生命的流水
只为昼夜不息的心跳
把所剩无几的光阴
良善和爱，我的听力和声音给你
在这个被体贴的雪夜
我享受深陷的失眠

会被一层一层的思绪紧紧包裹

一切神秘而不可言说

深冬雪色

叶子浑黄，隐隐地
身体里发出光阴的细碎声
此刻的季节，只有雪
从玫瑰色的边缘，草尖的顶端，芦苇
折断的飞絮和我的影子吹过

所以，我没有喊出你的名字
没有把我最初的想象涂抹成你想要的样子
我知道，在这个季节
唯有你会结出干净的果实
有着甜过头的白
老不死的白

在心的原野上，我听到了
雪穿越无边的冷寂与荒芜
带上水声和鸟鸣
让我学会安静下来
——绚烂的和纯洁的沉默和忧郁的
都是你的初心……

2021.12.14

叠雪大运河

我看到一沓沓的雪
覆盖了大运河面
河水撵着沉默的石头
流向更远的黄昏

河上的桥支撑着老冷的命运
它压住艰难的呼吸
却无法丈量河流的尽头

干净的云朵
是披在它身上圣洁的光辉
脚下的芦苇一页页翻动天空的蓝在飞
还有数不清扑面而来的鸟
河的词根在我呼吸的每一口空气里
用一种方言的语调
喊我

2021. 11. 29

雪花吟

这是一个独白的夜晚
你拥有炉火一样的热情
怀揣一方雪的心事

一朵雪开在高处，一朵开在低处
也包括你喜悦的那朵
泛着诡异的光，在咆哮，落下时更优美

这样的过程很契合
从薄凉的过往，以至摇曳多姿
你身体里已按捺不住，要燃烧
要挤出骨缝里余留的柔软

把人间所有的词语，和内心的闪光，一丝丝
都存进美好
让所有消瘦的时光，一一跌进幽邃的心间
任你关闭尘世词语
住在一间热乎乎的房屋里
做一个很轻的人

2021. 12. 6

再说一场雪

庄稼在收获时，离开
田野滑入空寂。
树干摇晃着坚硬的骨骼，
泄露时光的秘密。

雪夹在冬天的一个集体中，落下来，
雪在加深。
我发现天这么亮，
让一棵树醒着。
听见脚下的雪咯吱地响，
这场雪比想象更让我震惊。
雪抱着树在呓语，
在游走，
支撑着远。
有会儿，却不发出声音。

在这引人注目的夜晚，
一棵树
承担着雪。
它垂下的影子埋在泥土里，
打开自己。

这是今年的雪，
从枝头到土地，
就像一个人。

我发现那只痴迷的啄木鸟，
划向秘密而细小的伤口
反复敲打着它的身体，
让我慢慢体会雪的流速。
此刻，我急切的心情难以表达，
真想迎合雪的跳跃。
我傻呆呆地看，
期待一朵雪裹紧我的睡眠。

清晨我醒来的时候，
阳光已站立在我的床前了，
一定站立了很久很久吧？
那个把月亮藏得很深的人，
在我酣睡时哼着的歌，
正着唱了，
倒着也能唱。

想看你每一天都微笑的样子，
好多的细节都微笑着的样子呵，
我的心情自自然然地就晴朗起来，
就温暖起来了。

树和相邻的麦田

清空后的田野，一洼洼的苍白
睡在碎雪下的麦田
泛着本能的绿
让冬天的气息走进来

一棵光秃秃的树清空自己过后
没有了丝毫的烟火气息
初生一样的静

麦苗在纤细的时间里，用一枚枚树叶呼吸空气
触及一小片天空
呼应着更深的寂静
兀自低喃
雪里的寂静，以及
风中有一个盲盒产生安慰

2021.12.9

那雪在平原穷尽目光

平原的雪总是站在炊烟上俯瞰人间
大地上坠落着空旷和辽阔
萦绕的炊烟里，雪的光辉即刻灿烂
把村庄凝缩端庄
雪适合在草野上，铺上雪色尚好
喜欢轻度的白，捡拾的一地鸟鸣，有着喧哗的回音

一条冰结的河，被鱼扛着行走
一个个村庄，被风吹旧，被隐藏的，雪的唇吻
像安静的词

我念念有词，学会人间烟火的样子，爱着旧木窗的晨光
胸腔里开始酝酿村庄
把自己当成乡下的树
在雪里轻言细语
破译稻草人的手语，莫名丰盈

想起父亲躺在刚撂倒的玉米秸上，吞吐星光
秋收后的尽头，显现村庄的轮廓
雪头里的刀刃，割断故乡与异乡之间绷到极致的那根线

我相信会遇到眼神里

布满风雪的人，如我生活里隐喻着愉悦

不想远行了，就偏安一隅

在花瓣中饮酒，也饮爱

饮捏一捏经历的往事

像鱼，扛着一条草叶铃声的河，逆流而上

那从遥远穿越到现实的精灵

那曾经和年少的我一样喜欢雪的亲人

在我温暖的掌心里安眠。

而我不能在肺腑里呐喊

怕洇入更大的静谧里

很多的时候——

在尘世的声音，一触即碎

需要清空塞满杂陈的身体

一条河那样，驮着风尘和万缕光芒

轻灵里，目光伸向辽远

2021. 12. 12

一切都在已知的美中存在

引语极速
身体悸动
我成为赶春的人

跟随你的目光
抽出光线
把一根根骨头，立起来
注满柔情

一切美好，贪婪的
吸入眼底
桃花的红，梨花的白，杏花的粉
缠绕我的气息

雪。你款款走着的样子
笑着的样子
释怀在日子里
浸润温软的词语
让我反复咀嚼那嫩绿的笛声

从发梢到发根

阔大的吹拂

吹拂过的，美好的存在

在已知中，以爱的名义

2022. 4. 3

回到一朵雪花上

雪在摇曳的时间里
找到想要的物语，像
一位母亲最初的阴柔
洇湿了万物的嘴唇

那不动声色的美，成为静的饱和之词
把有着棱角的风抹得干净。
想起身体的密码，雪使轻俏的玫瑰好看
惹眼的白，让人心平气和

修饰词，小而无用
花开如诺言，玫瑰般信物的芳香
令人内心开朗
十指纤纤，都是盈盈如水的心事

感恩时间，让我领受一张写诗的纸
一个女孩，回到一朵雪花上
纯净如雪水，迈着春天的步子

2022. 3. 10

比如，等候

太圆满了，我为自己的小聪明得意
四面八方的雪吹得我流泪
路旁的树上，那两只形影不离的麻雀，很安详
那些荒芜的草，用自己的无名静候着雪的更迭
假如有一只野兔在寻找一条返回巢穴的捷径
刚刚有我被雪掩埋的脚印
雪在浮动中，前面的路一点点加深地冷
分明有一个加深的脚印在引领，在等候它陷入

2022. 1. 8

与雪有关的记忆

你爱的人踏雪打马归来
在虚空和冷里
到达一处秘境

你需要伸出温暖的手抚摸
所有的寒冷和秘密
成为，雪粒中的小部分

在嘶鸣的雪里
你要喊出她身上如雪的部分
喊出她俏皮与新鲜的部分
喊出她身体上的蜜糖

你拥有风唇的温柔，絮状的
高调
在玫瑰盛开之时，让雪回到她身上
认领属于她的芬芳

2022. 3. 2

之　外

随着愈来愈亮的天色
清越的雪在松散
铺天盖地遮蔽
让夜空更加明亮

一棵树卸下的重，是一枚拥挤的雪
滑落尘埃的轻，留住的
从自身出走
感知雪花忽而热烈忽而
散淡
又无数次停留
在干枯的事物上跳舞
也好。自我在内心深处慢慢松开

雪挪移的声音长不过
一枚叶片
被无数次雀鸟的鸣叫
打断。雪藏在树影下的月光，使夜依然完整
而树下隐秘的落叶
一如旧物
流落在泥土之外

第三辑

长雪的树

雪中的鸟

它开始生动时
那么温柔、恬静——
绝美如幻
有了一粘一合的锐痛
它隐于一角，它暗藏柔韧里那股清凉，视野

它倒在雪中，叽叽喳喳
每一句都是谜语
用崭新的语言，复述这星辰与雪的光辉
这生命的秘密，时间已把握
就像果实成熟进入某种隐喻

我要以什么词缀
布满前世的天空和鸟鸣
潮湿的、飘荡的雪花
向四周徐徐漫开
一瞬间，感到某种隐喻像回到了远古
如释重负。
代替了星辰和寂灭，并毫无保留
它知道，为美和雪命名

那份细语缠绵也不了了之

想你雪花般微笑的样子

想你雪花般微笑的样子
在冬季绵延
覆盖我的心房
我依旧是你的心叶树
垂挂着毛茸茸的花序
垂挂晶莹的期待

静静地听你的心跳
一如蜂群
听你从肩头纷扬下温暖的声息
坐在我身旁
撩拨那深草的窸窸窣窣
听你吹着口哨
有一支鹅黄的曲子
轻轻莞尔
一起看形形色色的飞舞
形形色色的次第开放
即使在灿烂的阳光下
始终如一

想你雪花般微笑的样子

盛开的花期

如我不负你的情意

落在你柔软的心上

一直将生命延续

2022. 7. 18

雪弥留在无边的时光

雪在夕阳下等候
等候这一天最美的时光
可以用安静、厚重或者大度……

累了。时光。
累不倒田地里的一草一木
不能把珍贵带走了

我庆幸踏入这片田地
在慢慢的脚步里，容纳一枚雪
现在，我面朝大海，春暖花开

可我不想等，把今年洁白的
诗歌
发表在明年的夕阳红里

那时我会想到
有几只飞旋的鸟在我的枝头
就会看到雪染过的地方
小野花儿在我的时光
开放

咆哮的雪里，鸟挪动心事

它终于突围出来
身体里干哑极了
在苍穹污染的漩涡里
萎靡

站在黑白的边缘
它跟随咆哮的雪
逃遁
滑落了疲惫
蜕变为一只蝴蝶般的
雪候鸟

它的心事在雪里挪动
挪动着擦亮翅膀
挪动着擦亮喉咙
发出原有的回声

站在温暖如雪的缤纷里
从此，成为一只懂得感恩的雪候鸟，
它深谙：
雪是世上最干净的

供奉的

慈悲的粮食

2019. 12. 22 冬至

雪花凌乱

时令已是初冬，雪花的
恋情已经到来
还轮不到落叶的衬托
只有在这时
用微煦的风吹响寂寥的树梢

一个短音节足够
拉开拥吻的时光
这温暖也许措手不及地
抵达脸庞
这并不奇怪

有吻的时光
羞答答地盛开着
凌乱中
忽略了秩序

2021.11.3

长雪的树

鸟儿在我的庭院唱了
唱润了庭院
这时节就有长雪的树开在庭院了
就有雪花相会在庭院
就有洁白的香飘下来
就有芬芳的花瓣落下来，落得慢，且低
一片片铺在诗桌上
让我们蘸着香指去写诗
让我们去谱就一曲情歌
写一片片深情的爱呵

我们就把这爱毫不利己地叠成
飞燕，交予多情的风
让它轻轻悠悠地飞
让它飞到想去的地方
就盼着它与雪交翅时
我的心化作洁白
铺满心田呵
就有铺满一腔鸟的沸腾
就有雪儿抖开羽翼翩跹起舞
就有树长长的耳朵听歌

就有一路小跑的风耐心地鼓掌

就有两行跳动的睫毛眨着煽情的眼

就有五指的手搔着头呵

忘情地

搔一搔这季节里

叫长雪的树

情不自禁地飘

2020. 12. 1

用植物的韧性编织雪花

还好，那些雪花是有性情的
抖落了一地花瓣
想象单薄
用旧风中的身影
用鸟鸣的高度
在一棵树上

停留下一些花香
让雪花，植物一样
用翅膀取走了细枝
生动地编织情节

在覆盖大地时
让奔跑的岁月停下来
用植物的内心
编织善念
虽然黑暗，但是安静得优秀

2021. 9. 7

在薄情的世事里栽种雪花

一片枯叶，随风而过
记忆的雪花忧伤地盛开
冷入骨髓
雪在雪中狂舞
隐含穷尽的泪光
那拥挤的寂寞，微凉
略带富足的疼痛

一粒捉摸不定的微光里
孩子的表情，是天真的
又是无邪的。那雪
有崇山一样绵亘和气势
如流水，一浪高过一浪的人间之事
搅动她内心的微澜
水草一样蔓延
她守望在村中
那孤单的气息
并未因幼稚的哭泣
有了更为深刻的留守的感觉

在这时光打磨的村口

雪中印痕中，那强大的孤单

透过光阴的缝隙

被风干成故事里的图片

图片中，有她清晰脸庞的亲人

熟悉的声音和花瓣

在她平静的情绪里

风光地栽种

2022. 3. 2

行走的雪

雪在欲望里行走
身体里蓄满了闪电的风暴
饱览潜伏于体内的河流

我不敢轻易触碰它的芬香
那一枚雪里丰饶的姿态
和着一寸光阴与气息
荡漾起来
抚平流年之痒

我要奉上这个夜晚的终极之白
连同我爱过的这人间的烟火
怀着一腔激烈
簇拥那枚熟透了的雪花
让时光把重量，凝结在花蕊上

2020. 8. 16

照　耀

夜晚，一只雪鸟
从最浅的月光开始
把夜色一片片衔接
轻轻地滴落在窗台上

这个夜晚灯光在一层层升高
充盈着我小小的愉悦
向夜空蔓延……

匍匐在屋顶上的雪
是另一种照耀
这个冬天，我的身体开始适应雪
我的嗓音，哽咽
如今，在一场叠加一场的雾霾里发炎

窗台上的月光
映衬着灯光
被我斟茶的声音溅了一地
窗台上的月光
被我一口一口地啜开

断　章

那雪有如蝶群静静飞动
它们翅膀展开的光
亮出了惊喜，嗅人间烟火
地道而新鲜

在雪的光晕里
欢愉是唯一的线索
一个正在破碎的梦
用力呼吸
一枝老梅无法淡化汹涌而来的情感之血
用尽了世态炎凉
焕发出岁月峥嵘

揣测的，花瓣里
藏着一粒粒歌谣
厮磨中
一打温情捂热落寂的黏稠
在平静的夜色里泛起微澜
在情节里呈现

轻慢之间

我打听一滴雨的去向
迅疾如闪电
考量水的体积和流速
拾掇大街小巷水泡中的辽阔
那些又轻又慢的好状态
抒发着
悉数，舒展生活的纹理

2022. 4. 6

有些疼痛

一朵雪花追问一朵雪花
向四周广布虚空，触及深处
在雪里看到我殷红的羽翅

我的一生都喧响着那潇潇雨声
愿顺着睡眠的滑梯度过今晚
而谁的疼痛又一次打断了我的睡眠

播在夜里的雪，那纷扬中的力量
直白，坚硬
让我的心都那么酥麻地
被戳了一下
我想寻找声音的方向
能听见树的枝杈
挪动的声音
成为拥有荣耀和自信的人

此刻，我胸膛中泛起一阵阵小小的微澜
在摇曳的光影里徜徉

唯有雪中默晤的梅花来过深夜

梅花在雪夜
一心向雪。
淡淡地闪烁，或轻轻摇曳。

雪天的爱情是极柔软的。
我要选择一株梅花，让它用手指谈情说爱。
说出骨骼想要的一切，做我的心跳。

一粒雪在梅花的锋芒里小到极致，露出细微的闪电。
左手中的雪正愉悦地融化，
侧身很适宜倾听。
心上"哗啦"裹紧迷恋的暗香，爱情很酥麻，
已经感动了全身，仿佛溅起鸟鸣的细蕊，
依恋幸福。

当清晨推开映入阳光的窗户，
梅花庄重的气味，像蜜蜂一样惊醒，
雪的霎亮让人恍惚。

2021.3.14 晨

在一场空阔的雪事里

我喜欢听喜欢看不够的雪声
像云朵撞击着云朵
扑向你的辽阔

午夜的雪已经睡得很沉
我知道，这是多么神性的安排
雪光的引信伸进暗淡的屋子
点亮了小声音
进入影子逍遥的节奏里
朝下滑的方向走

融着激情的屏障而过，把你酿成了诗的琼浆
爱抚你，感觉温暖如春
身体听到骨架的浅浅呼吸
将张开的缝隙靠拢
嘴唇轻启
舔舐分泌清冽的汁液，瞬间融化的气息慢慢滴入你
有声的味蕾，湿透
一点点，声音依旧香且有力
热情地开满我的目光

墙上的钟表恰好走入整点时分

嘀嗒了几下，洋溢着骄傲

使夜的影子大吃一惊

一如浅唱低吟

2022. 12. 8 子夜

可能的雪夜

雪在途中，细入微风
吹奏于夜空
这时的风景干净、清冽
让人心生念头

薄薄的翅翼上
耀眼的光上下抖动，瘦小的身体
即使有痛，也可以忽略
用时间遗忘

我的林中，听令的雪在枝间晃动
雪急如喘，如一尾鱼，挑落灯花，与我对饮
看上去控制不住
每一朵都掉在心上
开得愿望都熟视无睹
动一动就碎了一地

雪中，韶华惊艳
岁月同青春恰好
任夜的落白
埋藏万千流年辗转

任草木的枯荣写进岁月风寒

一些孤寂

像小欢喜

在雪的体内流淌

在探望里，一直呼吁着

2021. 4. 26

当雪在天空降落

看到雪在天空降落是天经地义的事
我在尘埃的黄昏里
悠哉，眯着眼睛
有一群雪被风传送

把我死死地搂着
这时，我听不到一丝鸟鸣
干哑的喉咙里
一朵不拘泥的雪走了进来
大好的雪照临我的生命
我想到了表达
新鲜而干净的话语
占领这个世界的理由

2020. 1. 9

毕竟有风吹过雪夜

席子一样大的雪花飘着
可以触摸到彼此的缝隙
狭窄生活的底部
一瞥的镜中，突兀着
露出了全部的线条
几近透明

用双唇
追寻一声低吟
它们曾是那露水、苔藓、飞鸟、叶和根
也都曾是云雾和光线
来自遥远星辰
跨过了漫长的光年，在空间中旅行

覆没中，自有命运的弓矢
让人不断离去
又不断地重新回来
我不过是它自由的情人

也许我们所有的财富
就该这样

沉淀于最土的那阵气息
那只风一样行走的蜗牛
稍一疏忽就没入现实的草丛

扎堆靠在一起
梳毛、蹭痒、歇息、哼哼
那些异样的花，一直在小口小口咬着它们
透过细小的光，我认出了你
惊诧间，想起了以前的生命

2021. 3. 2

谜一样的风雪已经到来

我只想用手的辽阔

迎迓雪的斑斓与慌张

阅读着这天际的汹涌之势

她投来的目光

追逐花瓣上失落的笑声，轻轻的叹息

嵌入我的诗句

我愿抖落身上的尘土

点破酸涩和甜蜜

给雪花洗身

你的双眸，形成了流泉的回响

泛着圣洁和活力的光泽

保持着单纯的白

炫耀自己的华美

在风雪之后浩渺的湿润里

夜鸟收紧了翅膀

连树木都不理会头顶的风雪

在一团黑里，那么霸道

你在我的身体里植入了你

我看见平滑的夜空

要有一朵灿烂的雪停留最好

我疯长的心事，默默地想到

轻柔、缓慢、美妙

我要把诗歌绑上可爱翅膀

向夜色纵深飞翔

2019. 12. 10

我愧对于那年的一场雪

那个黄昏，我孤独在
树林里
太阳沉下去，很安稳
风推搡了我

我正被划过的往事打结
雪纷纷斜过来，很硬
我清醒了，却忘掉了往常的喜悦

身后流泪的雪
把我的脚印
一点点地抹去
把一切熄灭
包括尚未打开的信

此刻，往事一片空白

2018. 12. 24

大雪辞

闲处光阴易过，恰逢大雪日
我嗅着雪的俗味
经过诗的美化
又漂亮了些，亲切得
容易接受

总感到，越俗，越向往出人头地。可，万事皆有定数

雪落在手掌上，鲜莹明洁
人生就是走一遭，宿命没有逻辑

雪在流失，产生一种压倒时的冲动
与死亡对抗
穿凿自己，为自己立传

我心平静中和，感觉有几分天真烂漫的真情
一梦就什么都没有了

2021. 8. 27

雪声指引

雪抚摸万物，从深远的目光里走来
这事物就被逼仄身体里
很凌乱的抚摸，赋予得体

也很完整的喜悦，仿如鲜花一样
也很白云
颤抖着刻进胸膛

因此享受了盛开，享受了预知
因此雪慢慢俯下身子
成为你岁月里紧致的河流

2021. 8. 8

栅　栏

在一大群雪中奔走
有一株雪离群而孤单
她胸怀旧事
泄出光阴的花纹，穿过
大片疼痛
把一层层旧事掀翻

她坐在尘埃里
在空中颤动
沉浮着停下
想着人间的苦楚

把那种浅冷、柔冷、明度
推到身体里
便诞生了价值，勃发
膨胀
如同爱一个人，深怀刻骨的芒刃
而内心的隐秘，一如
雪中静止的栅栏

在一朵雪的皎洁里荡漾

立冬已至，我的想象是透明的。
那群雪在路上，
怀揣空阔之心，
一边走，一边交谈。
穿过身体里的呼啸，让黑暗一声声褪色。

御寒的篱笆扎得严严实实，
而雪的音讯，把念想打磨得晶莹剔透。
让一些渗透的人和事，
有了落脚的地方。

屏障中，过冬的韭菜
披着紫绿的外衣。
一枚叶子逗留在树上，
摇晃着，
不肯落下。
有一种皎洁的美，
与雪花在眉梢打了一个照面，
让我忍俊不禁，
瞬间，我心的按钮已开启。

第四辑

洁白的软语

入　画

夜色浮上去，那雪花深谙人性，
贯穿了所有想要的。
整片天空都是细密的季节，
轻曼地笼罩着他。

一只鸟，从不想道别的部分
掠过一朵婀娜盛开的玫瑰，
透明的眸子里找不到一丁点儿空蒙。
她白色的羽毛吸收着声音和虚空，减缓
纵情穿过舒缓的雪线
添在新枝干上啼鸣。

雪总是下得那么纯粹又那么具体，
它长出双足的光，让人间在它的脚下匍匐。

也许，她们的欢乐就奔跑在情人节到来的途径。
密密匝匝的私语，沁人心脾的浓郁。

清晨，我抬头看见天空，和心里一样明净。

2022. 2. 14

听见一朵雪花坠地的声音

在雪夜
听见尖利的风声
在夜行中呼吸
每朵生命都在开花

在白桦般的肌肤上
开满翩跹的蝴蝶
那蓬松柔软的身心
愉悦地怀抱光芒

上升的温暖
贴身扑过来
成为眼里尤爱的泪水
以雪枝为薪取暖
安置自己的梦

梦里，清晰地听见一朵雪花坠地的声音
十分悦耳……

唯　有

被动困在一场雪里
寒冷中，颤抖着几朵灯盏
我掰弄手指细数
叫霜降、立冬、小雪、大雪的名字

问：那朵弥散着奇妙的体味
那朵含露
那朵倾轧我半裸的肌肤
那朵埋藏我压重的荒芜
那朵傲立巅峰
在陡峭的夜晚，又颓然离开
那朵让我心芽萌动，移步换景

唯有叫不上名字的那朵
在叙述里遇见悲喜
在颤抖的灯盏里，宠辱不惊
而身下，鲜活着
填充无限的空白……

2019.11.17

冬日的村庄

那些蝈蝈和蝉
把歌唱到老远
老远了……

我在凉意的村庄
见到卧在房屋的雪
和温柔的阳光

我知道季节的手掌
挥舞时空的光影
罩住了万物，却一言不发

我看到墙上的光线
柔媚　柔晕　柔韧
在这个时候令我万分地欢喜
阳光的气息
丝丝　微微　习习

我在阳光下
看见另一种事物
心潮澎湃地
歌吟着

雪花一样的词

是雪花一样的词
纷纷扑进你仰望的怀抱和衣领

明明灭灭的时间，第一片雪
裹着一个婴儿的啼哭
那轻轻的撞击声，春天的訇然
来自某个不为人所知的方向

谁能看到吟诵者目光的尽处
生死奔赴，语言是一种浩大的洁白

一定，有火在燃烧，有水在汹涌
它们是水的灰烬和火的骨头
仿佛你一个人独自提着一盏马灯
寻找一根马的缰绳
古老的村庄，用一片雪立下文字
然后，又轻轻擦去

2021. 7. 3

对　视

用最轻的心跳
没有人能揭开花开花落的谜底
没有人能送出千年辗转的梦魇

你的全部温柔
仿佛落下的雪
亮晶晶的

落下来，俏皮在有灯的窗前，吸附
你涓涓引线
若有声响

2022. 2. 5

暮色里

一场微雪
用浅淡的方式
覆没了烟尘，铺满人间
尘世上相互钟情与倾慕的万物
遗失在一段琐忆里

而我，接纳了这些洁白谨慎的相遇
我的头发，已经白多于黑
我要乖巧地，和她们说笑
让她们毫无禁忌地奔跑
跟随我的低语，我美得过于涨潮的浴火

我的天，我的地，我的情景
还有身体都投入进去
成为拥有的全部
就像这覆盖尘世的雪

我愿坐在雪地上
呆呆地看惨白的花束
变成云朵的样子
为命运所追逐

在那块雪地上

然后，重复着自己的脚印
你来到那块很厚的雪地上
那里，所有疯长的草像草一样
掩映在雪中
包括那块久置的荒凉

然后，你蹲下，剥开皮硬的雪
它们因为冬天的到来，疲倦而不动声色地躺着

然后，你抬起头，望向天空
那么多的云，不见了

整个早晨，在那块雪地上
你感觉就连喜悦也是宁静的
多好

那河水被冰封了，身上盖满干净的雪
河水怀揣不可知的意志
一切都是崭新的吧

2021. 4. 15

水一样的雪

我从来没有掩饰什么
总想用各种方式把你
从孤独中唤醒
你却执迷不悟

但我心怀坦荡，如纯洁的雪
聆听你的喜悦
慢慢融化你的孤独

让我在纷飞的时日
阅读你
心灵便枝繁叶茂
与水一度

2021. 6. 3

雪在洗尽一个夜晚

你需要去掉全部的重量
取碎步，用低音
诗一样的语速
触痛这个夜晚
让盛大的花香，咆哮
让光芒的音符
消解暗疾

俯身听你的心跳
用心音轻按你的呼吸
速度如流水
让湿润抵达你的温润
在干净的空气中
洗尽一个夜晚

雪太白了
一道光明过去
也落不下影子
成为一个孤独的角落真好
而我卧进雪夜的影子里

不想起身

2021. 4. 27

在一粒灯火里种雪

你落下的清音
被种雪者
兑换成了一壶老酒，独自饮下夜的黑，雪的白
成为彻夜未眠的人

这样，缓缓抚摸着半碗夜色
抖落几粒生活的灰尘
用圆润、厚重、富足的白
捏住那束微光

最好，有一支雪笛
坐拥半甜的一粒灯火
摊开白雪辞
在回肠的激荡里
铺满我，瘦骨嶙峋的
胸腔

2021.4.27

远方盛满平静的乡村

乡村的雪早起，留在
人间的白，明亮得一阵比一阵紧
一个劲的浓郁，如飞蛾，清点鸟鸣

我心里的雪，已是花开万朵
雪填满村庄和河流
将垫起自己
捋一捋，溺雪的诗，停顿的想象
乡村的雪，均匀的平静

时光向暖，在木碗里盛放诗歌
有一挂浓浓的乡愁，内心柔软
在广阔的田野，把自己交付庄稼、炊烟、河流、方言

那么多的白，如同归人
返回或消失
家和时间很平静，坦途上，从知名的
某处，把远方的远归还故乡
多过雪花里的盛事

2022. 2. 28

荡　漾

有一些花很爱远方
比如雪花
它是长着翅膀的

雪花有撩人的羽翼
和熏风一起去飞
远方如谜。雪说

远方其实很近
远方是一滴水的微距
裹在雪花里，一场经过

2020. 2. 8

绿过的事物

寡言少语的人
沉入夜

——窗外的树绿着绿着，就光秃了
鸟儿飞来飞去
豢养的风，招来雪
吹白灯光的头发

寒冷在门外徘徊
他依然沉沉地睡着
梦的往事
捆成了一个稻草人
依然醒着

2021.8.17

雪花物语

此刻，我看见了风的翅膀
将一片落不到地面上雪花托举
心里挤满风，空空的白
而在停顿时，却忘了尖叫

雪花挟持着孤独之火
让游动的身体
像蜂蜜扑向花蕊
泊在潜在意识的气味里
无法逃离
我乜斜时
雪花依然鲜活
摇曳在一片幻影里
盛开在一阵阵迫不及待寒冷的颤抖中
悄悄萌芽
这是距离极近的
甜蜜，吞吐味蕾的沸点

在雪不散的往事里，人住于此
因长久而变暖。
让一粒雪回到原乡
在崭新的梦里徘徊

凝　视

趁着天空还没白透前
循着光亮，找到自由的一丝清凉
天越白，屋子里的光就越亮
构成某种回忆的要素
构成嗡鸣的碾坊的身体
开出一树野梅花

而它的缓慢
在于根本也无法随我离开
那是三十年前的往事，如雪纷飞，触不可及

我忽快忽慢地
穿过思绪的表层，它变得很浅
滑行。美丽地瘫软在这连绵不断的雪天里

我潮湿地，濡湿如纸
会感到充盈，要为之倾倒
内部的波澜是这样的细微
也庞大到一饮而亡

关掉上升的白，把突来事物包住

品味人间的特质

把世界，凝聚成一个想要盒子的英镑

2019. 11. 25

深　陷

雪，把你揉到无风也游离的地方
在数不过来的寂静中
回荡

萌萌地想，期待地盼
无法说出来的小透明
捧着你说不出的话
饥荒的紧张

有两个很轻很软的字
坠入你的耳郭
不小心，碰及雪儿宽阔的肩膀

你疲倦的影子，被风尘的雪
轻咬。幻化成水
恍若萌芽
深陷泥土

2021. 7. 8

雪透过夜开了出来

是雪的翅膀引领着天空的事物
在滑落时渐渐拉伸
叶片一样酥脆

我是个晚归的路人
看到天空干净得像神话的样子，一股脑
把我装有旧故事的行囊
翻新

是隆冬的那朵雪花，扑闪
穿越路灯和鸣笛的光线
折断了最细弱的忧伤
我隐约听到骨头挪动的声音

她微笑里带着喜悦
在我的左脸颊轻轻按了一下
安抚了我日子里的褶皱
成为一种隐含的美

——后来，只要有雪开花
我就心生荡漾

一片雪花总是把命里的冷存在纸上

命总是比纸还要薄一些
雪花的重量，只能轻轻地
留下一滴温暖之后的泪痕
这比什么都重

雪花的融化，不仅是矜持
还有保守，他们飘荡在岁月的深处
在所有被风刮走的痕迹里
雪留下来的冷一直在蔓延

那些被阳光带走的炊烟
和草房上摇曳的枯草
都是雪的命，这命里
阴阳和五行只是算命人的标识

没有谁可以从命里取出雪
那些被雪掩盖过的白菜
和深埋在土壤里的泥腿子
不是萝卜，就是土豆

一片雪花落下来

所有的收获，也就进了尾声

这是最好的一道幕

隔开了少年的懵懂和青年的忐忑

在天命之年，痛快地下一场懊悔的大雪

把自己没有清算的命

盘点清楚，该跪的跪

该还的还，还不完的，留给大雪

2021. 11. 12

与雪有关的

雪落下来，让人
从近看到了远，
发现明亮。
发现背面还有愚钝，
匀称，又有着恩德。

我总是忍不住说雪好，
好像过去它并没有发光，所有的天空都是满着的。
稳稳地睡在泥土上时，
所有的事物也得到了柔软。

有了它，这世界正起身，它身上有了越来越亮的绒毛。
羽翅来到鸟的背上，它终于学会了飞翔。
要把这最大的秘密
透露给另一树上相偎的鸟巢。

落下脚。
所以，才这么亮，这么满，这么真实。
伸出的双手抚摸今天的空气，
越摸越干净，
而时光默默改变底色，

白雪的头顶完好

如昨天。

风无数次横穿针叶茂密的寒冷，

雪夜就来了，就像我来了，

待在雪夜，就像待在自己的身体里。

从来没这么松散，

没这样漫无目标。

这个时候，雪在松手，

光芒在褪掉，它从每一个人身上离开。

随后，全都消失了，

最好的眼睛也将看不见一切。

我将不去想光芒穿过我身体以后的事情，

只要能安顿得很深很暖和。

雪隐身在看不见的缝隙，

装扮成灰尘，或者光亮。

光线流淌着

仿佛相爱人的目光。

他们脸颊上只有轻柔的乐符，

泥土正在做梦，远行的人正在梦里化蝶。

雪光穿着薄纱，安静地呼吸。

雪花如蝴蝶不动声色，暗自飞舞。

我的血液里有阳光和雨露。

我知道，雪也有自己的花期，也有自己的花事。

2021.5.3

雪光的指向离你最近

你迷恋的雪中
还藏着多少浪漫的秘密
用冬意的黄昏怀想
一时半会也难以纾解

雪色撩起，多像白云舒展柔软的心事，恍如拥抱春水的感受
你在等待柔软的部分
把你温柔盈怀
雪光所指的方向，离你最近
"她迟早要离开，去点缀别人的梦"
转瞬之间，你两鬓斑白，你静如止水

那积雪中，依稀还有赎罪的，牵挂的脚步不忍离开
绕过那片桃林
将你拥抱着深藏心底

2022. 2. 21

洁白的软语

一枚会说话的雪
丰满了夜。
一夜未合眼的雪，
被一丝丝的风吹软了骨头。

它蜜语里透出的暖
"嘘"过来——
在阳光的手掌里破解。

阳光洒在雪上的明媚
散逸成另一种美丽，
一直走在心上。

2021. 4. 10

在生命放歌的田园里（后记）

宣惠河流淌在这片肥沃的故土上，带走了过去的苍凉与繁盛的岁月，留下了生生不息的生命胚芽。远古而来的阳光晒熟了裸露的土地，数千年的雨露滋润了这里曾经的每一片树叶、每一株草茎。也许这片丰饶的土地适宜春芽般灵感的萌出，也许这片古老的田畴适合雪般神韵的流动，让那些诗情绵绵绕出了雪的柔美与晶亮。

我在宛若长龙的宣惠河南出生，龙的属相伴随着我长大。在沧南闻名遐迩的焦山寺村旁看过祖父挥拳如疾风骤雨，舞枪似金蛇狂舞。及长，在父亲驾牛扶犁翻开的潮湿土垡里蹒跚学步，在田间拾起一束束落有父母热汗的麦穗。当我操起长锯拉出木屑，挂上墨斗在木板上轻盈地弹下墨线时，当我在飞旋的砂轮旁，磨砺精致的车刀时……我，还不足 17 岁。

而这个自食其力的年龄也是我诗意萌发的年龄，诗化的音符，如精灵之雪在我散发着梧桐木香的琴弦上飞动。

1983 年冬，我自发组织了宣惠青年文学社，以家乡后的这条河而命名，出版油印社刊《春柳》；从那时起，我在文学的小道上留下一个个金色的脚印。土地是生命的田园，可从中寻找生命的根脉。我是农民的儿子，紧紧拥抱着生我养我的土地。

在我的诗歌道路上，我要十分感谢已故著名诗人田间和他的夫人葛文老师，感谢桑恒昌老师对我的指导。感谢诗友海男女士、王传华先生为我的拙著作序；感谢《诗刊》社副主编霍俊明先生为我的诗集不吝笔墨题写书名；感谢在这本诗集付梓之时，亦师亦友的张华北、祝相宽及张德明先生，及诸多师友对我诗集的鼎力相助和为此书奔波的朋友们！

这本诗集，也是我诗歌创作和人生旅途的开始。当我找到诗歌的时候，才觉得找到了自己。

雪是风雨和阳光的作品，是写在天空的诗，既然已有先行者在地上画满窗子，那么，就让我在天空里印满诗篇吧，在所有经纬上写满阅读人生的眼睛。同时，这五彩斑斓的诗歌田园里，还将徘徊着我的身影。

雪是我毕生的甜点……

2022 年 4 月 30 日草于寸寸居

图书在版编目（CIP）数据

雪的世界我来过 / 刘国莉著. -- 武汉：长江文艺
出版社，2024.11
ISBN 978-7-5702-3648-0

Ⅰ. ①雪… Ⅱ. ①刘… Ⅲ. ①诗集－中国－当代
Ⅳ. ①I227

中国国家版本馆 CIP 数据核字（2024）第 104528 号

雪的世界我来过
XUE DE SHIJIE WO LAIGUO

扉页题字：霍俊明

责任编辑：胡　璇　　石　忆　　　　责任校对：程华清

封面设计：祁泽娟　　　　　　　　　　责任印制：邱　莉　　王光兴

出版：长江出版传媒　长江文艺出版社

地址：武汉市雄楚大街 268 号　　　　邮编：430070

发行：长江文艺出版社

http://www.cjlap.com

印刷：湖北恒泰印务有限公司

开本：880 毫米×1230 毫米　　　1/32　　印张：5.5

版次：2024 年 11 月第 1 版　　　　2024 年 11 月第 1 次印刷

行数：2365 行

定价：58.00 元